Pedagogia
TRANSFOR-
MADORA

ALTAIR GERMANO

2ª Impressão

CPAD

Rio de Janeiro
2013

Preparação dos originais: Karen Bandeira

Capa e projeto gráfico: Fábio Queiroz Longo
Editoração: Rodrigo Sobral Fernandes

CDD: 370 - Educação
ISBN: 85-263-0423-2

As citações bíblicas foram extraídas da versão Almeida Revista e Corrigida, edição de 1995, da Sociedade Bíblica do Brasil, salvo indicação em contrário.

Para maiores informações sobre livros, revistas, periódicos e os últimos lançamentos da CPAD, visite nosso site: http://www.cpad.com.br.

SAC — Serviço de Atendimento ao Cliente: 0800-021-7373

Casa Publicadora das Assembleias de Deus
Av. Brasil, 34.401 – Bangu – Rio de Janeiro – RJ
CEP 21.852-002

2ª impressão - Julho 2013 - Tiragem: 3.000

A todos que militam e acreditam na Escola Bíblica Dominical, agência educativa, promotora de um ensino transformador de vidas e da realidade.

"E não vos conformeis com este mundo, mas transformai-vos pela renovação do vosso entendimento, para que experimenteis qual seja a boa, agradável e perfeita vontade de Deus" (Rm 12.2).

SUMÁRIO

INTRODUÇÃO

Antes de falar sobre a Pedagogia Transformadora e de lançar um olhar sobre a prática pedagógica de Jesus, quero chamar atenção para uma pergunta de suma importância: o que, de fato, é ensinar? Se fizéssemos esta pergunta com direito a resposta verbal ou escrita, teríamos algumas das seguintes respostas. "Ensinar é o que faço na Escola Bíblica Dominical". Verdade! Esta seria uma resposta prática e comum. E eu a caracterizo como uma visão ou conceito institucionalizado de ensino. A ênfase está na escola, na instituição.

Outros afirmariam: "Ensinar é algo que faço pelo aluno". Nesse caso, observe que a visão já não repousa sobre a instituição (Escola Bíblica Dominical), como no primeiro. Agora, focalizamos o aluno.

Vivemos em um tempo em que a coisificação do humano, ou seja, quando damos prioridade às coisas e às instituições em detrimento do ser, é uma realidade que afeta, também, a vida da igreja.

A instituição, em muitas circunstâncias e situações, está em primeiro plano, e não as pessoas. Por isso que ao afirmarmos que ensinar é algo que fazemos na Escola Bíblica Dominical, é a instituição que priorizamos em nossa concepção de ensino. Porém, ao assentirmos que ensinar é algo que se faz pelo aluno, o foco está no indivíduo.

Perceba o quão importante é a forma pela qual enxergamos o ensino, a fim de que tenhamos uma visão e um entendimento mais humano e integral a seu respeito.

Não poucas vezes as pessoas têm sido trocadas pelas coisas na igreja. Isto, sem dúvida, nos levará a refletir acerca de nossas prioridades e escala de valores. Ao lidarmos com a Pedagogia Transformadora, falamos de uma pedagogia comprometida com a transformação integral das pessoas. Referimos-nos, assim, a uma prática pedagógica que alcança o saber, o ser, o fazer e o relacionar-se do indivíduo.

Esta obra aborda vários aspectos da Pedagogia Transformadora, partindo da ação de ir em busca do aluno, até chegarmos ao entendimento de seu caráter essencialmente transformador.

1

A Pedagogia Transformadora Busca

"E Jesus, andando junto ao mar da Galileia" (Mt 4.18a).

Qual a ação desse texto? *"andando junto ao mar da Galileia"*.

O Senhor Jesus não realiza ações por acaso. As coisas não acontecem por coincidência. Jesus não estava simplesmente passeando quando, de repente, avistou Simão e André lançando as redes. A verdade é que o Senhor Jesus estava ali com um propósito, uma intenção. Toda ação de Cristo tem um motivo bem definido. E o que mais chama atenção é o fato de que Jesus, "caminhando", vai ao encontro de seus alunos. Jesus busca seus alunos.

A Pedagogia Transformadora faz com que nós, assim como Jesus, ao invés de ficarmos acomodados na sala de aula, na escola, tomemos uma atitude: ir em busca dos alunos.

O professor que ama o que faz, e acima de tudo, que ama os alunos, deseja ver a sala repleta deles.

Para isso, precisamos abordá-los e insistir em tê-los conosco, não com o propósito medíocre de ter uma sala cheia ou de se vangloriar por ser professor de uma grande audiência, ou dirigente de uma vasta escola. Mas, sobretudo, por amor aos alunos. Pelo interesse de vê-los crescer sendo tr ansformados pelo ensino da Palavra de Deus.

Será que estamos dando continuidade à Pedagogia do Amor ensinada por Jesus? Será que nos preocupamos de fato em buscá-los, como fez o Mestre? Ou será que, acomodados, esperamos confortavelmente por eles?

Quem ama busca. Procura as crianças, os adolescentes, os jovens, os adultos, os anciãos e os portadores de necessidades especiais. Em fim, todos os que não participam da Escola Bíblica Dominical.

É importante destacar: buscar não é esperar ver aquele irmão que não participa da Escola Bíblica no culto de doutrina, ou em outra atividade na igreja, para então abordá-lo, mas fazer o que for preciso para tê-lo na classe, mesmo que seja necessário ir à sua casa ou telefonar-lhe. Com isso veremos a grata surpresa que estes terão.

As nossas escolas e igrejas cresceram tanto, que infelizmente chegamos ao ponto de supor que um aluno a mais ou a menos não fará diferença. Não estamos buscando aqueles que já foram alunos da Escola Dominical, e por alguma razão saíram, tampouco os que jamais a frequentaram. Isso não é amá-los de verdade.

Não apenas o professor de Escola Bíblica Dominical, mas todo crente, deve olhar o outro com o olhar de Cristo, enxergando não apenas mais um, e sim uma pessoa pela qual o Senhor Jesus deu a vida.

Assim, o papel do professor não é fazer número em sala, tão pouco apresentar belos relatórios. Embora estes dois métodos de incentivo sejam interessantes, a função do docente vai além. O professor de Escola Bíblica tem uma chamada específica diante de Deus: ser um auxiliador na caminhada cristã dos alunos.

Para fecharmos este primeiro capítulo, seguem abaixo duas parábolas de Jesus sobre a necessidade de buscar o perdido, devidamente adaptadas ao contexto da educação cristã:

A Parábola do Aluno-Ovelha Perdido

Então, lhes propôs Jesus esta parábola:

> *Qual, dentre vós, é o professor da Escola Bíblica Dominical que, possuindo cem alunos e perdendo um deles, não deixa na sala os noventa e nove e vai em busca do que se perdeu, até encontrá-lo?*
>
> *Achando-o, põe-no sobre os ombros, cheio de júbilo.*
>
> *E, indo para a igreja, reúne a direção da Escola, os demais professores e os alunos das outras classes, dizendo-lhes: Alegrai-vos comigo, porque já achei o meu aluno perdido.*
>
> *Digo-vos que, assim, haverá maior júbilo no céu por um aluno que se arrepende do que por noventa e nove alunos que não necessitam de arrependimento (Lucas 15.3-7, texto adaptado).*

Neste início do século XXI, milhares de alunos de Escolas Bíblicas Dominicais continuam se perdendo, sem que os professores tomem a iniciativa de procurá-los.

Posso citar alguns fatores que cooperam para isso:

- Indiferença pelas vidas preciosas, resultado da falta do verdadeiro amor cristão;
- Salas de aula com muitos alunos, onde a perda de um não faz diferença alguma para o professor;
- Processo ensino-aprendizagem focado apenas nas estruturas, nos recursos materiais, tecnológicos e financeiros, no planejamento e nos métodos (nas coisas), e não nas pessoas.

Que o Mestre dos mestres, o Senhor Jesus, seja para todos nós, professores de ED, um exemplo na busca do aluno perdido.

A Parábola da Aluna-Dracma Perdida

> *Ou qual é a professora que, tendo dez alunas, se perder uma, não acende a candeia, varre a sala e a procura diligentemente até encontrá-la?*
>
> *E, tendo-a achado, reúne as amigas professoras e salas vizinhas, dizendo: Alegrai-vos comigo, porque achei a aluna-dracma que eu tinha perdido.*
>
> *Eu vos afirmo que, de igual modo, há júbilo diante dos anjos de Deus por um pecador que se arrepende (Lc 15.8-10, texto adaptado).*

Diferente do aluno-ovelha perdido, a aluna-dracma encontra-se perdida na própria sala de aula. Ela frequenta a Escola Bíblica Dominical regularmente, mas está perdida.

A possibilidade de se achar a aluna-dracma perdida é grande, desde que se empreenda o esforço necessário. Desde que se lhe dê o devido valor.

O valor da aluna-dracma não deve ser calculado em termos quantitativos. Ela tem valor pelo que é e pelo que representa. Tem valor porque é uma vida preciosa para Deus. Tem valor porque é gente como a gente.

Por que a aluna-dracma estava perdida? É provável que tenha sido manuseada (tratada) de forma inadequada, ou ainda pode ter se separado acidentalmente (emocionalmente, mentalmente e espiritualmente) do grupo de alunas-dracmas. O fato é que estava perdida.

Assim como a aluna-dracma da parábola, há milhares de alunos perdidos em nossas salas de Escola Bíblica Dominical, aguardando passivamente que alguém os procure com diligência, os tome nas mãos e reintegre-os com graça e amor ao grupo.

Procuremos incansavelmente a aluna-dracma perdida!

2.

A Pedagogia Transformadora É Visionária

"[..] viu dois irmãos, Simão, chamado Pedro, e André, os quais lançavam as redes ao mar, porque eram pescadores" (Mt 4.18b).

Além de buscar, quem ama não faz distinção entre os seus amados, não escolhe a quem amar. Simplesmente ama.

Perceba que Jesus não procurou apenas homens bem treinados, eloquentes ou de grande influência para estar ao seu lado como alunos. Jesus escolheu a Pedro. Este, aos olhos humanos, não era um dos melhores alunos para ter em sala. Cristo, porém, enxergou uma alma necessitada de um mestre, de alguém que o ensinasse a alcançar a salvação e a preservá-la em sua caminhada.

Por mais problemático que alguém pareça, ao ponto de não ser desejado como aluno da Escola Dominical, precisamos ter a visão de Jesus. Apesar de todas as imperfeições e do temperamento de Pedro, o Mestre não o descartou, mas encarou a grande tarefa de ser um canal de bênção e de transformação para a vida deste aluno através do ensino da Palavra transformadora e de atitudes norteadas pelo amor.

Ao olhar para Pedro, pedra bruta, Jesus teve a visão futurista de uma pedra lapidada, pronta para ser trabalhada e usada por Deus. Jesus não focou nos problemas e dificuldades que enfrentaria, nem na paciência necessária à formação dos alunos, mas no potencial.

É mais cômodo ir em busca apenas dos alunos tipo João. Alunos amáveis, meigos, calmos. Mas é preciso buscar também alunos como Pedro.

Todos precisam ser alcançados pela Pedagogia Transformadora.

Quando Jesus declara, em Mateus 4.19, "Vinde após mim, e eu vos farei pescadores de homens", idealiza um futuro para seus alunos. Jesus tem um objetivo, sabe o que está fazendo, sabe para que foi chamado, e por que está ensinando.

Para o Mestre, não é uma perda de tempo estar ali, mas uma missão. Precisamos deixar de olhar as realidades dos alunos para focarmos em suas potencialidades, e enxergá-los com os olhos do Espírito. É preciso crer na probabilidade dos improváveis.

Se analisássemos a vida de todos os homens e mulheres chamados e usados por Deus, observaríamos que cada um, aos olhos humanos, teria pelo menos um motivo para não ser escolhido como líder e cooperador na obra divina. A estabilidade econômica de Abraão nos faria pensar que ele não aceitaria o desafio de sair sem destino certo.

Os artifícios de Jacó nos fariam entender que um caráter duvidoso como o seu não o tornava confiável.

A autossuficiência de Moisés apontaria problemas em suportar as pressões do dia a dia.

O sentimento de inferioridade de Gideão nos faria duvidar de sua capacidade de liderança.

A inclinação de Sansão por mulheres estrangeiras nos levaria a reprová-lo de imediato.

Por ser mulher, não daríamos à Débora credibilidade alguma.

A disposição de Davi em submeter-se aos seus superiores nos faria pensar que teria dificuldades para tomar iniciativas.

Os lábios impuros de Isaías nos conduziriam a desqualificá-lo para o ministério profético.

A meiguice e bondade de João nos fariam duvidar de sua coragem.

A instabilidade emocional de Pedro não nos permitiria perceber seu desejo sincero de acertar.

A intelectualidade e o zelo religioso de Paulo provocariam em nós dúvidas quanto à possibilidade de ser removido de suas crenças e do seu compromisso com o farisaísmo judaico.

Aos olhos do Senhor, e mediante o seu poder, misericórdia e graça, na vida destes personagens e em nós, o improvável tornou-se possível, e o possível, real.

"Mas Deus escolheu as coisas loucas deste mundo para confundir as sábias; e Deus escolheu as coisas fracas deste mundo para confundir as fortes" (1 Co 1.27).

3.

A Pedagogia Transformadora É Atrativa

"Então, eles, deixando logo as redes, seguiram-no" (Mt 4.20b)

O que é necessário para que uma classe de Escola Bíblica cresça?

Dentre tantas respostas que podemos sugerir, existe aquela que, sem dúvidas, é a número um: amar os alunos.

Quando falamos de amor, tendo a Bíblia como referencial, é preciso saber que a sua qualidade é muito superior a conceitos já estabelecidos.

O amor de que falamos deriva do termo grego agape, utilizado para descrever o amor de Deus, que busca sempre o bem maior para todos, sem discriminação alguma. É o amor que se importa com todos.

O amor, na perspectiva bíblica e cristã, precisa ser entendido como algo que extrapola emoções e sentimentos. Amor é ação. Amor é atitude em relação a Deus, a si mesmo e ao próximo.

Quando o doutor da lei, querendo encontrar alguma prova contra Jesus, lhe pergunta o que "fazer" para herdar a vida eterna, distante das atitudes legalistas Jesus o exorta a amar, deixando claro que é algo que se pode fazer, e não apenas sentir (Lc 10.25-37).

Escrevendo a sua primeira carta à igreja em Corinto (13.4-6), o apóstolo Paulo discorre sobre o amor como algo que não apenas se sente, mas se faz. E nos diz que:

> *O amor é paciente*
> *O amor é benigno*
> *O amor não arde em ciúmes*
> *O amor não é orgulhoso*
> *O amor não se ensoberbece*
> *O amor não se conduz inconvenientemente*
> *O amor não procura seus próprios interesses*
> *O amor não se exaspera*
> *O amor não guarda mágoas*
> *O amor não se alegra com a injustiça*
> *O amor alegra-se com a verdade*
> *O amor nunca desiste. Antes, suporta a tudo com fé, esperança e paciência*

É biblicamente correto afirmar que o professor deve abordar os alunos com amor, e não interesse. Com o amor que Jesus, nosso Mestre, exprimiu de forma polida.

O amor manifesta-se em olhares, gestos, atitudes e palavras. Não importa a expressão. O importante é amar. Jesus olhou aqueles irmãos com um olhar de amor, falou-lhes amorosamente e idealizou-lhes um projeto de amor.

Sabemos que, na qualidade de professores, temos o dever de sempre buscar mais e mais o conhecimento. Sem amor, porém, nada somos. Isso não significa que nos aprofundarmos no conhecimento torna-se irrelevante. No entanto, o amor tudo supera. Ainda que tenhamos dificuldades, o amor em Cristo Jesus nos faz vencê-las.

Professores que amam são atrativos.

4.

A Pedagogia Transformadora É Instrutiva

"Jesus, vendo a multidão, subiu a um monte, e, assentando-se, aproximaram-se dele os seus discípulos; e, abrindo a boca, os ensinava, dizendo" (Mt 5.1,2).

Embora a afetividade e o bom relacionamento entre professor e aluno sejam vitais no processo ensino-aprendizagem, não isentam o professor de buscar a excelência no ato de ensinar.

Ensinar. O que está implícito neste ato?

Entender o significado de ensinar é essencial na busca e prática de uma pedagogia fundamentada no amor, que não negligencia as responsabilidades do docente. Observemos algumas características desta atividade:

Ensinar é uma atividade investigativa

O educador cristão não é mero "leitor de revista".

Lecionar na Escola Dominical exige pesquisa.

A mediocridade, a inconsistência, a falta de profundidade de algumas aulas são decorrentes do comodismo de professores que não "mergulham" nos livros, ou em outras fontes de informação e conhecimento, no preparo das aulas.

Comparo a pesquisa à prática do arqueólogo, do garimpeiro, e a todas as demais atividades que objetivam a descoberta de itens preciosos. O conhecimento é de grande valor. A pesquisa é uma importante fonte de conhecimento, pois envolve a leitura.

Não dá para ser professor sem ser pesquisador.

Os docentes que se satisfazem em reproduzir em aula o ensino do estudo prévio para professores ou o conteúdo

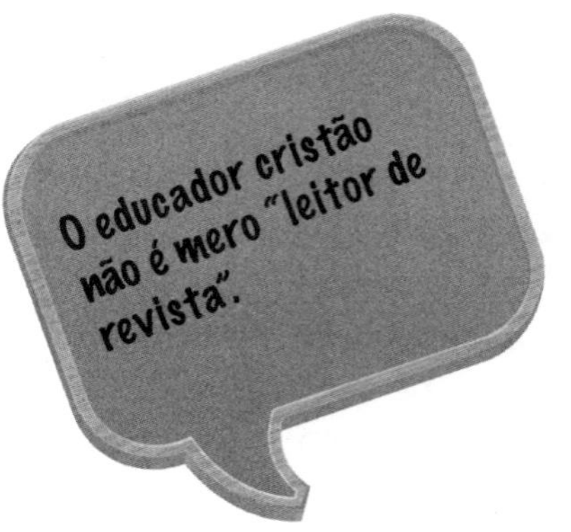

do primeiro subsídio que encontram na internet certamente falharão na missão de professor-pesquisador.

Pesquisa exige dedicação. A Bíblia ensina que a dedicação é parte da atividade docente: "[...] o que ensina esmere-se no fazê-lo" (Rm 12.7).

Professores de Escola Dominical que não se dedicam ao ensino ou não foram vocacionados por Deus, ou negligenciam a sua vocação.

Pesquisa exige determinação e paciência. Nem sempre encontraremos com facilidade os textos que enriquecerão os conteúdos a ensinar. Quem disse que a tarefa de pesquisar é fácil? Facilidade é uma palavra que não combina com professores. Ao iniciar uma pesquisa, não descanse enquanto não alcançar seus objetivos.

Pesquisa exige tempo e disciplina. O problema de muitos professores não é a falta de tempo, mas de uma boa administração dele. Dedique semanalmente um período para as pesquisas. Não negocie esse tempo. Uma boa aula requer investimento de tempo em pesquisa.

Pesquisa exige organização. Se o professor possui uma biblioteca pessoal com os livros para a sua pesquisa, essa biblioteca deve estar organizada de forma que não se perca tempo procurando as obras. Quanto à internet, o professor deve antecipadamente listar os sites e blogs que acessará. Definir as palavras-chave também ajudará nas buscas.

Pesquisa exige criticidade. Os livros e textos pesquisados não podem ser lidos mecânica e passivamente. Não é apenas o quanto leio, mas como leio. Não é a quantidade de obras e textos lidos que o conduzirão ao sucesso na pesquisa. Em certas situações, muitas leituras até atrapalham. Na leitura crítica estão envolvidos a seleção de boas obras, sites, blogs, etc., e também a capacidade de examinar tudo e reter o que for bom (At 17.11; 1 Ts 5.21).

Pesquisa exige sintetização das informações e conhecimentos adquiridos. Nem tudo que foi pesquisado será apresentado ou discutido. O professor deve ter o bom senso de levar para a sala de aula aquilo que, em oração, entender como de suma importância para os alunos. As demais informações e conhecimentos adquiridos darão a segurança necessária diante da classe, além de poderem ser aproveitados em outras situações. Ensino e pesquisa são atividades inseparáveis.

Professores pesquisadores possuem os melhores e mais atrativos conteúdos.

Ensinar é uma atividade metódica

Não se vai de um lugar a outro sem antes haver definido o melhor caminho a seguir.

Métodos são caminhos.

O ensino é uma prática de quem sabe aonde quer chegar. O professor, quando começa o preparo da aula, deve ter em mente objetivos específicos. Ele parte para a classe com o propósito de conduzir os alunos ao destino ou objetivos almejados.

Enquanto a pesquisa provê os conteúdos necessários para alcançar os objetivos do ensino, os métodos estabelecem o caminho que os alunos trilharão sob a direção do professor, até chegarem ao final da jornada.

Jesus utilizou vários métodos para conduzir os alunos aonde os queria levar. No sermão da montanha (Mt 5—7), utilizou a preleção ou método expositivo, ideal para falar a grandes públicos.

Com o fariseu Nicodemos (Jo 3.1-15) e com a samaritana (Jo 4.1-26), usou o diálogo como método para comunicar dois dos grandes ensinos do Novo Testamento: o novo nascimento e a adoração.

Quando resolveu dar uma aula sobre o fundamento da igreja e sobre a sua missão messiânica (Mt 16.13-20), iniciou utilizando o método de perguntas e respostas. Vários outros métodos foram utilizados por Jesus.

A diversidade na utilização dos métodos de ensino torna as aulas mais interessantes e menos monótonas.

O educador cristão deve buscar em oração não apenas o que ensinar, mas a sabedoria necessária no emprego dos métodos.

É preciso ficar atento para não cair no erro de pensar que por si só os métodos revolucionarão a prática de ensino do professor. Eles são apenas uma parte importante no processo ensino-aprendizagem. Os métodos precisam estar agregados a outros elementos importantes, dentre os quais, um bom conteúdo e a utilização adequada dos recursos didáticos (quadros, cartazes, revistas, mapas, gráficos, objetos, etc.).

Ensinar é uma atividade crítica

Longe de ser um leitor e pesquisador passivo, o professor da Escola Dominical deve assumir uma postura crítica no preparo da aula.

Infelizmente, pelas mais diversas razões, mas principalmente pela falta do desenvolvimento de uma consciência crítica, muitos docentes são meros reprodutores de conteúdos.

Quando falamos de professores críticos é preciso entender que não estamos tratando de pessoas queixosas, murmuradoras, sempre azedas e amargas. Criticidade é a capacidade de investigar, analisar, discernir, ponderar, questionar, pensar e comparar para, após estes processos cognitivos, chegar às devidas conclusões e convicções.

Não importa a fama ou o nível de credibilidade do autor ou orador, não importa também a editora ou instituição, tudo o que lemos e ouvimos precisa, antes de ser reputado como verdade ou princípio bíblico e doutrinário, passar pela crítica.

Acontece que para exercer o exame ou a análise crítica, o mestre precisar ter os conhecimentos e os fundamentos necessários. Diante de toda declaração que comunica uma nova informação e saberes, ou uma perspectiva diferente de um conhecimento já adquirido, e até mesmo a negação de doutrinas e verdades já cristalizadas, é necessário um lastro mínimo de conhecimento teológico e geral.

Há professores que são verdadeiras esponjas (absorvem tudo), quando deveriam ser filtros (absorver com critério).

Os professores que não fazem uso da capacidade crítica, nem procuram desenvolvê-la (a leitura é uma ótima forma de consegui-lo), acabam sendo meros reprodutores dos pensamentos e argumentos alheios. São intelectualmente estéreis e pedagogicamente limitados. Além do hábito de leitura, como já citado, outra forma de desenvolver a capacidade crítica é através da educação teológica e de outras formações, de preferência no nível superior. Isso não significa que alguém desprovido da condição ou da oportunidade de fazer tais cursos não tenha capacidade de exercer sua criticidade. Há muitos autodidatas bons nesta área. A oração e dependência do Espírito, na condição de servos de Deus e mestres por Ele vocacionados e chamados, também são indispensáveis.

Apenas professores críticos podem formar alunos críticos, capazes de ler, ver e ouvir qualquer coisa, de quem quer que seja, e conferi-las à luz das Sagradas Escrituras.

Professores e alunos críticos são submissos aos líderes, mas não são massa de manobra de ninguém.

Fundamentado na Pedagogia Transformadora, Jesus não escolhia seu público em termos quantitativos. Apesar do texto de Mateus 4.1,2 referir-se a uma multidão de alunos, o prazer de Jesus estava em ensinar, e não na quantidade de alunos que sua classe poderia ter.

O mestre não via a quantidade de alunos, mas o valor de cada alma. Assim aconteceu com a samaritana (Jo 4.1-30). Para muitos ela era apenas mais uma, porém o Mestre a enxergou com os olhos de amor, vendo um potencial singular naquela vida.

Não importa se a sala está cheia ou com dois ou três alunos. Na matemática da pedagogia do amor um milhão de alunos é igual a um aluno, uma multidão de alunos requer o mesmo preparo e amor que um aluno requer.

O ponto principal não é a quantidade de ouvintes, mas do que estes alunos precisam.

5

A Pedagogia Transformadora É Inclusiva

"Vinde a mim, todos os que estais cansados e oprimidos, e eu vos aliviarei. Tomai sobre vós o meu jugo, e aprendei de mim, que sou manso e humilde de coração, e encontrareis descanso para a vossa alma. Porque o meu jugo é suave, e o meu fardo é leve" (Mt 11.28-30).

A Educação Inclusiva é um movimento mundial dos novos tempos, tendo como fundamentos os princípios dos direitos humanos e da cidadania. Na educação inclusiva busca-se eliminar qualquer tipo de discriminação ou exclusão, garantindo desta forma o direito de igualdade de oportunidade. A ação é focada principalmente nos mais propícios à exclusão.

Todos na igreja local precisam ter o seu acesso à Escola Dominical garantido. A Escola Dominical deve ser um espaço de todos e para todos.

Se fizermos uma pesquisa entre os que não estão matriculados atualmente na Escola Dominical, constataremos que muitos desejariam frequentá-la, mas estão impossibilitados ou com grandes dificuldades para tal.

Entre os excluídos da Escola Dominical podemos citar os portadores de necessidades especiais, os enfermos, os que temporariamente estão com dificuldade de locomoção física, os que trabalham ou estudam no mesmo horário das aulas, os que não têm condições de pagar uma passagem, os que passam privações materiais e vivem em extrema pobreza, os portadores de dificuldade de aprendizagem, os psicologicamente inaptos, etc.

E os enfermos?

Temos evangelismos em hospitais, grupos de visitas aos enfermos, mas carecemos de pessoas preparadas e disponíveis para levar o ensino da Lição Bíblica até eles. O aluno da Escola Dominical quando adoece, geralmente fica esquecido por seus pares e excluído do processo ensino-aprendizagem.

Não é diferente com os presos.

O que a Escola Dominical tem feito pelos detentos? Há classes organizadas nos presídios? Quantas? Há quem pense e se disponha a suprir as necessidades educacionais dos mesmos? Com certeza, as ações nesta área ainda são mínimas.

Na medida em que as classes inclusivas forem criadas nos hospitais, lares, presídios, orfanatos, creches, abrigos de idosos, empresas, etc., o registro de frequência ou atendimento ao aluno dever ser feito pelo professor e encaminhado à secretaria da Escola Dominical.

Quantas vezes em sua escola há reuniões para saber quem não está indo, ou não é matriculado, e por que não se matricula ou deixou de ir à Escola Dominical?

A inclusão envolve também as condições de estrutura física da escola. Rampas, assentos, corrimões e banheiros devidamente adaptados fazem parte da estrutura mínima de uma escola inclusiva.

Para cada caso é necessária uma ação inclusiva. O Evangelho de Jesus é inclusivo (Mt 11.28).

Não basta convidar as pessoas para serem alunos da Escola Dominical. É prioritário dar-lhes as condições necessárias para que tenham o acesso garantido e nela se mantenham.

A Escola Dominical nos novos tempos precisa perceber os excluídos como gente que foi salva por Jesus, que também precisa do acesso a uma educação cristã de qualidade, que lhes proporcione o crescimento na graça e no conhecimento do Senhor (2 Pe 3.18).

Como promover uma tomada de consciência, que transforme a vontade de mudar em ação concreta? Todos os que fazem a Escola Dominical devem participar na busca de alternativas e soluções para os excluídos.

De imediato faz-se necessário buscar a informação de quantos se encontram impossibilitados de frequentar a Escola Dominical. Em seguida, devemos investigar as razões da impossibilidade. Com base nas informações obtidas, mediante reuniões e discussões buscam-se as alternativas e soluções para cada caso. Ninguém deverá ser discriminado ou colocado em segundo plano por raça ou condição social. Uma vez incluídos, não devem ser tratados como "coitadinhos", mas como "iguais", pois é assim que o Senhor os trata (Rm 2.11; Tg 2.9).

Vale lembrar que esta ação inclusiva precisa de gestores e professores qualificados para receber estes novos alunos. Através de formação acadêmica, cursos, simpósios, conferências, seminários, leituras e outras atividades, os professores poderão tornar-se aptos para este desafio prazeroso. O despreparo de dirigentes e professores é um dos grandes obstáculos para a educação inclusiva, pois gera uma ideia e conduta inadequadas do educador para com o aluno que não está de acordo com "os padrões normais da escola".

A posição da família no processo de inclusão escolar é também fundamental. Quando esta interfere, dificultando a inclusão por desconhecer as potencialidades da criança/aluno, acaba cooperando com a exclusão escolar. Já se sabe que o nascimento de um filho com deficiência provoca vários problemas emocionais e impasses às relações familiares, seguidos dos mais diversos sentimentos (frustração, culpas, negação do problema, etc.). Trabalhar a família, ganhando-a como colaboradora no processo inclusivo, é essencial para o sucesso do processo de inclusão.

A Escola Dominical existe em função do aluno. É nela que ele se apropria de conhecimentos, desenvolve habilidades, adquire competências e aperfeiçoa o caráter.

No caso da educação inclusiva, a escola precisa adaptar-se ao aluno, e não o aluno à escola.

A Escola Dominical não pode fugir deste desafio dos novos tempos. A não possibilidade de acesso e permanência a todos é uma maneira cruel e não cristã de exclusão escolar. Para realizar as transformações necessárias à prática inclusiva, as questões aqui expostas precisam ser pensadas de forma reflexiva, pessoal e coletiva. Dirigentes, coordenadores, secretárias, professores, pais e alunos precisam perceber a si mesmos como agentes implantadores e criadores de uma Escola Dominical inclusiva.

A Escola Dominical como espaço inclusivo deve ter como objeto principal o sucesso e o crescimento integral de todos os alunos, sem exceção. Tal compromisso e ação são inadiáveis.

A inclusão é uma ação inovadora que implica no empreendimento de esforços conjuntos para a modernização e reestruturação das atuais condições de ensino na Escola Dominical. Convida, acima de tudo, para uma mudança de paradigmas, sem a qual mudanças concretas e duradouras não se concretizam.

Os desafios são enormes, e olhados numa perspectiva meramente humana e racional, falar de inclusão beira a utopia. Creio firmemente que não estaremos sozinhos na ação transformadora de uma Escola Dominical Inclusiva. O Senhor, com o seu caráter justo e inclusivo, e com suas ações que objetivam beneficiar a todos (Gn 12.3; Mt 11.28; Jo 3.16; Rm 10.13; 1 Tm 2.4) cooperará com aqueles que pensarem e agirem em conformidade com a sua vontade e Palavra, dando sabedoria, estratégias e ânimo para superar os obstáculos materiais, humanos e espirituais que se colocarem a frente do projeto integrador.

Não se tem aqui a presunção de grandes e imediatas mudanças, embora para Deus nada seja impossível, mas de um início de micros e substanciais mudanças. Diante da escassez de recursos humanos, materiais, tecnológicos e financeiros na grande maioria de nossas Escolas Dominicais, é preciso ter paciência e dar pequenos passos para o alcance do grande objetivo.

As pequenas iniciativas, na medida em que os seus resultados forem compartilhados e divulgados, desencadearão outras ações semelhantes em outros lugares e regiões, que a seu tempo produzirão a grande transformação e inclusão desejáveis.

Na Escola Dominical Inclusiva, todas as pessoas excluídas são beneficiadas. Todos os que por qualquer motivo estão privados do acesso ao ensino bíblico oferecido e coordenado pela Escola Dominical são alcançados.

O futuro educacional cristão, o crescimento na graça e no conhecimento do Senhor Jesus na vida dos excluídos do processo ensino-aprendizagem na Escola Dominical, depende de nossas ações presentes. Por quanto tempo ainda os tais permanecerão no esquecimento, vitimados por nossa indiferença, letargia, falta de visão ou comodidade?

Uma Escola Dominical Inclusiva não é um mero sonho, desejo ou delírio, mas um ideal necessário e possível.

6. A Pedagogia Transformadora É Promotora de Vida Abundante

"O ladrão não vem senão a roubar, a matar e a destruir; eu vim para que tenham vida e a tenham com abundância" (Jo 10.10).

O termo grego *zoe* (vida), possui uma variedade de significados, trazendo no presente contexto a ideia de "o tipo de vida que Deus tem, que deu ao Filho (Jo 5.26) e que foi manifesta ao mundo (1 Jo 1.2), possibilitando ao homem ser dela participante pela fé (Jo 3.15). Já o termo *perisson*, traduzido no versículo citado por "abundância", significa plenitude, demasia, mais do que realmente necessário, medida excedente, algo acima do usual.

Uma vida espiritual nestes níveis implica em saber sobre Deus abundantemente e relacionar-se com Ele abundantemente.

CONHECENDO E RELACIONANDO-SE COM DEUS ABUNDANTEMENTE

O termo hebraico geralmente utilizado no Antigo Testamento para "conhecimento" é *yada*. No Novo Testamento temos a palavra grega *ginosko*. Ambas podem ser traduzidas, dependendo do contexto, por: notar, perceber, entender, compreender, distinguir, saber, conhecer.

Mas não são nos sentidos acima descritos que "conhecer" ganha aqui importância. "Conhecer", em termos bíblicos, pode ser algo mais do que um simples conhecimento sensitivo ou intelectual. Pode significar ainda:

Conhecer de modo pessoal.

Este conhecimento implica num relacionamento direto, sem intermediários humanos. Um relacionamento não meramente intelectual, mas experimental e real.

Um relacionamento de confiança entre pessoas.

Confiança é a base para relacionamentos sólidos e duradouros, que subsistem ao tempo e às circunstâncias da vida.

Um relacionamento de amizade.

Amizade fala de comprometimento, de parceria, de cooperação, de compartilhamento e comunhão. De chorar com quem chora, e de se alegrar com quem se alegra.

Um relacionamento de intimidade.

Intimidade é amizade em níveis mais elevados. Intimidade se adquire e cresce na medida em que a confiança aumenta, os sentimentos se harmonizam e a vida é compartilhada sem restrições.

Um relacionamento sincero.

A sinceridade é elemento vital, que coopera com o processo de conhecimento mútuo, que corrobora para uma relação transparente, sem fingimentos e aberta.

É neste sentido amplo que devemos entender as seguintes passagens:

> *"E foi também congregada toda aquela geração a seus pais, e outra geração após eles se levantou, que não conhecia o Senhor, nem tampouco a obra que fizera a Israel" (Jz 2.10).*

Gerações inteiras podem, através do conhecimento de Deus, desfrutar da fidelidade, do companheirismo e da proteção do Senhor, como também privar-se destas benesses, caso negligenciem tal conhecimento.

> *"Com o ouvir dos meus ouvidos ouvi, mas agora te veem os meus olhos" (Jó 42.5).*

Jó evoluiu do conhecimento teórico para o pessoal.

> *"Nem todo o que me diz: Senhor, Senhor! entrará no Reino dos céus, mas aquele que faz a vontade de meu Pai, que está nos céus. Muitos me dirão naquele Dia: Senhor, Senhor, não profetizamos nós em teu nome? E,*

> *em teu nome, não expulsamos demônios? E, em teu nome, não fizemos muitas maravilhas? E, então, lhes direi abertamente: Nunca vos conheci; apartai-vos de mim, vós que praticais a iniquidade" (Mt 7.21-23).*

O Senhor sabe quem são os que falsamente declaram estar debaixo do seu senhorio. Estes não gozam do privilégio de ter a Deus como amigo, não desfrutam de sua confiança.

> *"Eu sou o bom Pastor, e conheço as minhas ovelhas, e das minhas sou conhecido" (Jo 10.14).*

Os homens, por vezes, apenas sabem coisas a nosso respeito, mas somente Deus nos conhece plena e integralmente. Quando conhecemos realmente a Deus, e por Ele somos conhecidos, uma relação pessoal, de amizade íntima, aberta e estável deve estar em evidência nas nossas vidas.

Dessa forma, na qualidade de professores de Escola Bíblica Dominical, poderemos influenciar positivamente os nossos alunos para buscarem e experimentarem uma dimensão mais íntima e profunda com Deus, nosso Pai.

7.

A Pedagogia Transformadora É Libertadora

"E conhecereis a verdade, e a verdade vos libertará" (Jo 8.32).

As palavras de Jesus carregam em si princípios que devem nortear o pensamento e a ação de educadores verdadeiramente comprometidos com os reais objetivos da educação. A religião é ideológica, assim como é ideológica a educação. Foi contra a ideologia das classes dominantes e opressoras (política, econômica e religiosa), que envolvia os escribas, fariseus, saduceus e sacerdotes, que Jesus se posicionou. Jesus passou a maior parte do seu ministério ensinando. O título pelo qual é mais chamado nos evangelhos é "mestre".

Seus métodos de ensino, seu estilo, sua relação com os aprendizes (discípulos), seus diálogos, sua clareza, simplicidade, humildade e afetividade são até hoje referenciais pedagógicos. Jesus foi acima de tudo um educador. Não simplesmente um educador, mas um educador libertário.

Como nos dias atuais, a educação de qualidade daquela época era direcionada aos ricos, à elite da sociedade. A qualidade da educação da classe pobre e oprimida deixava muito a desejar. Os índices de analfabetismo eram altos. Esta elite educada dominava, oprimia e manipulava as massas alienadas, principalmente através de um discurso hipócrita e legalista, utilizando-se do Sinédrio ou Grande Conselho (tribunal civil e religioso) como aparelho ideológico e repressivo. O Sinédrio era composto pelos sumos sacerdotes (membros da aristocracia sacerdotal), pelos presbíteros ou anciãos (leigos escolhidos entre as famílias da aristocracia), pelos escribas ou letrados (os teólogos da época) em sua grande maioria fariseus. Como se pode ver, o Grande Conselho representava apenas a classe dominante (será que já vimos isto em algum lugar?). Profundamente convicto de sua missão libertária, Jesus levantou-se contra o sistema, contra a classe dominante, não apenas com uma ideia revolucionária (não confundir com violência, rebeldia e anarquismo), mas acima de tudo com uma atitude revolucionária. Suas convicções não somente eram declaradas, mas vivenciadas. Seu ensino não apenas explicava, mas denunciava; não apenas denunciava, mas conscientizava; não apenas conscientizava, mas libertava.

O preço pago pelos ideais libertários é caríssimo. Jesus pagou com a própria vida por confrontar os poderosos. A violência é sempre o argumento dos que não possuem argumentos. Como educadores aprendemos com Ele que, apesar de desencadear sofrimentos, o compromisso com a educação deve estar a serviço da verdade (obscurecida pela ideologia) e da justiça (praticada quando a igualdade de oportunidades é concedida a todos).

Quantos ainda serão perseguidos, ameaçados, marginalizados, excluídos, exilados ou mortos, não sabemos. O fato é que o grande exemplo do Jesus educador ecoará por toda existência humana. Tal exemplo não deve ser apenas admirado; deve ser seguido. Afinal, a história revela que o sofrimento e a morte de uns poucos sempre foi necessária para a libertação, alegria e vida de muitos (João 12.24).

A libertação que a Pedagogia Transformadora promove vai além da esfera política e religiosa, atingindo, também, as dimensões do sobrenatural e espiritual. Ela liberta os cativos do pecado (Rm 6.18; Cl 1.13; Ap 1.5) e os oprimidos do diabo (Mt 17.14-21; Mc 5.1-20;Lc 4.18; 31-37).

Creio que na Escola Bíblica Dominical os ideias de libertação podem ser ensinados e vivenciados integralmente à luz da Palavra de Deus.

8. A Pedagogia Transformadora Disciplina

"Instrui o menino no caminho em que deve andar, e, até quando envelhecer, não se desviará dele" (Pv 22.6).

O termo disciplina origina-se do latim "*disciplina*", que significa "ensino", "educação". Essa palavra relaciona-se com "discípulo" (gr. *mathetes*).

Os seguintes termos gregos para "disciplina" são utilizados no Novo Testamento:

a. Ensino (*didaskalia*), conforme Mt 28.20;

b. Exortação (*paraklesis*), conforme 1 Tm 4.13;

c. Educação (*paideia*), conforme Hb 12.4-11;

d. Admoestação (*nouthesia*), conforme 1 Co 4.14;

e. Repreensão e convicção (*elegxis; elegchos; elegmos*; "expor à luz", "convencer", "punir"), conforme Jo 16.8;

f. Correção (*orthos*, "reto"; *epannothosin*, "correção", etc.), conforme 2 Tm 3.15-17 e Ef 4.12.

Disciplinar envolve promover uma tomada de consciência nos atores escolares sobre a necessidade de submeterem-se à autoridade, às regras, ou a um modo de fazer (método) as coisas, tendo como propósito alcançar determinado(s) comportamento(s) ou atitude(s) que promovam o alcance dos objetivos curriculares, a felicidade e o sucesso em todas as áreas da vida, considerando, respeitando e amando o próximo como a si mesmo.

COMO DISCIPLINAR E QUEM PROMOVE A DISCIPLINA

Disciplina implica na elaboração e na observação de regras (que podem ser conjuntas), que geralmente são entendidas apenas no sentido negativo, regulador ou regulamentador (permissões e proibições). As regras devem ser elaboradas para cooperar também com o processo de construção e criação, ganhando dessa forma um sentido positivo.

A Pedagogia Transformadora precisa ser compreendida pelos agentes educativos na Escola Bíblica Dominical como ação disciplinadora:

Pela escola. A Escola Bíblica Dominical, enquanto espaço pedagógico com seus agentes educadores, precisa ser norteada por regras e adotar métodos de aprendizagem que considerem os alunos em sua individualidade e coletividade. Dessa forma possibilitará uma boa interação e convivência entre as diferentes pessoas que nela atuam. As normas, dessa forma, constituem-se como condição indispensável para a boa convivência social e para o alcance dos objetivos escolares estabelecidos. A Escola Bíblica Dominical, através de seus superintendentes, dirigentes, corpo administrativo e pedagógico, tende a afirmar que é lugar apenas da aquisição de saberes bíblicos, transferindo a responsabilidade da disciplina, da formação ética e moral dos alunos para a família.

Pelos professores. Professores que promovem a disciplina não são meramente ameaçadores e punidores. A Pedagogia Transformadora, quando vivenciada pelos docentes, produz aula e tratamento estimulantes e motivadores. É preciso ser amável, mas também firme quando necessário. Quando as regras da boa convivência ou do alcance dos objetivos são quebradas ou negligenciadas, por amor daqueles que as quebram ou negligenciam precisa haver a correção, sem necessariamente haver humilhação. A prática da Pedagogia Transformadora implica também no bom exemplo dos professores. Alunos tendem a respeitar e a considerar os mestres que dominam conteúdos, mas que são também coerentes e exemplares em termos de vivência. Na Pedagogia Transformadora a correção disciplinar mais severa deverá ser sempre o último recurso.

Pelos pais. Além de alguns não estarem envolvidos no acompanhamento da aquisição dos saberes oferecidos pela Escola Bíblica Dominical, estão também negligenciando a importância da disciplina na formação dos valores espirituais, éticos e morais dos filhos, querendo transferir para a escola (e também para a igreja) tal função. Nenhuma outra instituição social é mais influente na formação do caráter, na educação, na disseminação de valores éticos, morais e espirituais, e na disciplina do que a família. O excesso de liberdade, o não estabelecimento de limites aos filhos por parte dos pais ou cuidadores produzirá filhos, e consequentemente alunos, que não conseguirão conviver de forma pacífica, respeitosa e amorosa no ambiente escolar. Os limites, além de demarcarem o que não deve ser ultrapassado ou transgredido, precisam situar o indivíduo em termos da posição que ocupa nos espaços e nos relacionamentos sociais.

É preciso repensar a disciplina. É preciso, antes de tudo, ensiná-la e aplicá-la com amor na Escola Bíblica Dominical.

9.

A Pedagogia Transformadora É Integral

"Assim que, se alguém está em Cristo, nova criatura é: as coisas velhas já passaram; eis que tudo se fez novo" (2 Co 5.17).

A educação cristã é transformadora.

O ensino da Palavra de Deus não tem apenas como objetivo a transmissão de saberes, mas promover conhecimento que transforma vidas.

O Mestre dos mestres, em sua prática pedagógica, através do ensino, exemplo e ação transformou a vida de muitos alunos. O professor da Escola Bíblica Dominical precisa ter Jesus como referência. Alcançar os alunos através do ensino da Palavra de Deus com qualidade, graça e profundidade possibilitará o encontro desses alunos com Jesus, e o contínuo crescimento na sua graça e conhecimento. É preciso mais que saber sobre Jesus. É preciso estar nele, fazer-lhe a vontade, servir e adorar somente a Ele.

A pedagogia do amor em sua ação transformadora é percebida em vários momentos nos evangelhos.

Pedro, temperamental e violento que era, foi transformado. Paulo, o zeloso fariseu, foi transformado. Agostinho, Lutero, Calvino, Wesley, Whitefield, Moody, Seymour e tantos outros foram transformados. Nos dias atuais, milhares de vidas continuam sendo alcançadas e transformadas pelo poder da Palavra de Deus, do Evangelho ensinado no poder do Espírito, e aplicado conforme os princípios norteadores da pedagogia do amor.

Foi pensando no alcance e na transformação de vidas que Jesus nos comissionou:

> *"Portanto, ide, ensinai todas as nações, batizando-as em nome do Pai, e do Filho, e do Espírito Santo; ensinando-as a guardar todas as coisas que eu vos tenho mandado; e eis que eu estou convosco todos os dias, até à consumação dos séculos. Amém! (Mt 28.19,20).*

A Pedagogia transformadora atua no aluno integralmente, proporcionando mudanças nas seguintes áreas da vida:

Saber mais (Hb 6.1-3; 2 Pe 3.18). Há uma necessidade não apenas de adquirir conhecimentos gerais, mas de se aprofundar nestes conhecimentos, e de avançar na busca de novos saberes. É necessário nutrir-se com alimentos mais sólidos e vitaminados, na medida em que se amadurece espiritualmente. Infelizmente, há muitos crentes que, por negligenciar o aprendizado na Escola Bíblica Dominical, avançaram em idade e tempo de fé, mas permaneceram meninos no conhecimento da Palavra.

Ser mais (Gl 5.16-25). Saber mais, sem que este saber mude comportamentos e atitudes, é mero "sapiencismo infrutífero". A Pedagogia Transformadora coopera com a ação do Espírito, que neutraliza as obras da carne, que são: "prostituição, impureza, lascívia, idolatria, feitiçarias, inimizades, porfias, ciúmes, iras, discórdias, dissensões, facções, invejas, bebedices, glutonarias e coisas semelhantes a estas" (Gl 5.19-21). Ao mesmo tempo, ainda em cooperação com o Espírito, a Pedagogia Transformadora possibilita uma vida plena do fruto do Espírito, que é: "amor, alegria, paz, longanimidade, benignidade, bondade, fidelidade, mansidão, domínio próprio" (Gl 5.22,23).

Fazer mais (Jo 15.1-5). A vontade de Deus é que nos envolvamos em sua obra, otimizando assim os dons e talentos distribuídos e concedidos pelo Espírito Santo (Ef 4.11-16; 1 Co 12.4-11) para a edificação da Igreja e crescimento do Reino de Deus. Na vida de alunos transformados pelo poder do Evangelho, há abundância de realizações. Estes alunos estão envolvidos com a evangelização, com a intercessão, com o discipulado, com a música na igreja, com o socorro aos necessitados e com toda a sorte de serviço voluntário em suas congregações.

Poder mais (Lc 24.49; At 1.8; 1 Co 14.1-5; Ef 5.18). Saber, ser e fazer só serão vivências plenas se revestidas pelo poder oriundo do Batismo com o Espírito Santo, e de uma vida constantemente cheia dele. Professores da Pedagogia Transformadora precisam viver a plenitude do Espírito, introduzir e conduzir os alunos nesta jornada de poder. O Batismo com o Espírito Santo, na condição de experiência de poder distinta da regeneração, é uma promessa de Jesus para a Igreja, em todos os lugares e época (At 2.37-39).

Relacionar-se melhor (1 Co 1.10-11; Ef 5.22-33; 6.1-4; Fp 2.1-4). Vidas transformadas são vidas que se relacionam melhor, que promovem na relação com o próximo momentos agradáveis. A Pedagogia Transformadora mudará nossa maneira de se relacionar em família, na comunidade cristã e na sociedade, contribuindo com relacionamentos mais sólidos, fortalecendo a amizade e o companheirismo, realidades tão sofridas e desacreditas na atualidade.

Na Escola Bíblica Dominical temos a oportunidade de cumprir a nossa privilegiada e honrosa missão educadora e transformadora, e isto para a glória de Deus!

APÊNDICE 1

Por que você não vai à Escola Dominical?

Se essa simples pergunta fosse feita por pastores, superintendentes ou professores de EBD aos ex-alunos ou alunos em potencial, muita coisa boa aconteceria.

Mas, por qual razão tal pergunta não é feita? Vejamos algumas possibilidades:

- Medo de ouvir o que já se sabe;
- Acham que é obrigação de todo crente frequentar a ED, independente da qualidade do ensino e de outros fatores que contribuem de maneira favorável para o crescimento integral do aluno;
- Pessimismo. Pensam que mesmo com as respostas as coisas não poderiam ser mudadas na EBD devido ao descaso da liderança maior (pastor ou superintendente geral/local);

- Falta de real interesse pelo bem-estar dos alunos;
- Falta de compromisso e de zelo pela obra de Deus;
- Falta de treinamento, orientação e qualificação administrativa e pedagógica;
- Falta de vocação (chamada de Deus) para o ministério do ensino;
- Resistência a mudanças;
- Nunca pensou nisso;
- Espiritualidade equivocada. Acha que os problemas e as soluções serão sempre "reveladas" por Deus através de profecias, visões, do envio de um anjo, ou coisas semelhantes a estas;

A capacidade de ouvir é uma das grandes virtudes de um líder. Outros fatores poderiam ser listados, mas vamos ficar por aqui.

Digo, sem medo de errar, que no contexto geral da igreja há um número no mínimo igual ao de alunos matriculados na EBD, que pelas mais diversas razões estão fora dela.

Em nome do argumento falacioso (ou equivocado) da não remoção dos marcos antigos, muitas EBD caminham de mal a pior.

Do alto de sua arrogância (ou ignorância), muitos líderes insistem na ideia de que o aluno sempre tem de se adequar a EBD (horário, dia, estrutura, etc.), e nunca a EBD se adequar ao aluno.

Mudar o próprio dia da Escola Bíblica Dominical, ou criar dias alternativos além do domingo é, para muitos, um "sacrilégio", uma "blasfêmia", um "pecado", mas nunca tentam fazer pelo menos como uma experiência, para ver se haverá resultado satisfatório.

Inovar na prática docente e pedagógica é outro grande desafio. Boa parte dos alunos, principalmente as crianças, adolescentes e jovens, passa a semana experimentando aulas interessantes e inovadoras em suas escolas, para no domingo sofrerem diante de um professor despreparado, fossilizado e mumificado, que parou no tempo e no espaço.

De quem é a culpa? Do professor que não busca a qualificação, ou da escola que não investe nele?

Sim, é preciso orar e buscar em Deus a direção, a sabedoria e a provisão. Mas será que é sempre Deus que tem de fazer as coisas por nós? Não estamos um pouco (ou muito) acomodados?

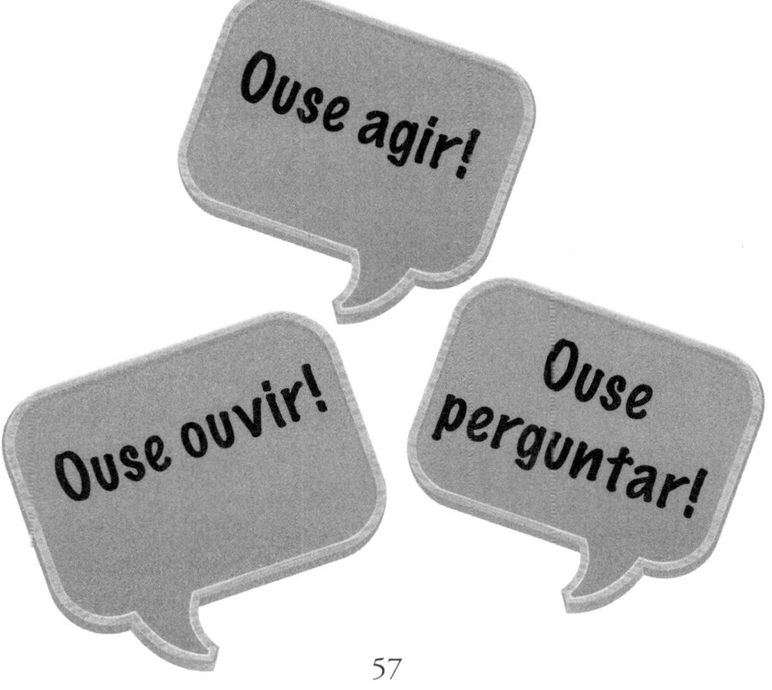

APÊNDICE 2

Transformando alguns Paradigmas do Ensino na Escola Dominical

A escola é geralmente reprodutora dos paradigmas e da ideologia das classes dominantes. Dessa forma, reproduz o que a sociedade possui de bom e de ruim. Para combater o reprodutivismo escolar, alguns teóricos revolucionários (chamados também de utópicos) acreditam que a partir da escola a sociedade pode ser mudada. Para isso, a escola teria de abandonar a sua condição de reprodutora de modelos e sistemas fracassados, engessados, fossilizados e ultrapassados, e assumir a sua vocação contestadora e transformadora.

Todas as questões que envolvem a chamada "escola secular" são, de alguma forma, vivenciadas na Escola Dominical, que geralmente é reprodutora do sistema eclesiástico, e aparelho ideológico da classe dominante (clerical). Na condição de agência educativa reprodutora, a Escola Dominical é formada por superintendentes, dirigentes, professores e alunos reprodutores acríticos de doutrinas, tradições, práticas, teologias e doutrinas. Assim como a "escola secular", a Escola Dominical precisa descobrir (ou redescobrir) a sua vocação transformadora.

Os motivos são óbvios, visto que tendo a Bíblia como fundamento teórico, e sendo ela a Palavra de Deus que tem papel transformador, seria natural que a postura daqueles que fazem a Escola Dominical e a natureza do seu ensino fossem transformadores.

É em Jesus, o Mestre dos mestres, que encontraremos o nosso referencial de educador cristão e de ensino transformador, que assim como nós enfrentou a dura realidade de um sistema de ensino reprodutor das mazelas da sociedade de seu tempo.

A SOCIEDADE CONTEMPORÂNEA DE JESUS

A sociedade judaica onde Jesus nasceu e foi educado era caracterizada pelo formalismo e centrada numa religiosidade mecânica, ritualística e excludente. Como resultado, a injustiça social se proliferava e se manifestava em forma de miséria, da exploração do próximo, do favorecimento das elites, etc. O legislativo, o judiciário, o executivo e o religioso estavam contaminados, corrompidos e comprometidos. Observemos alguns fatos e retratos deste quadro caótico nos evangelhos, e o posicionamento de Jesus diante desta realidade de seu tempo:

- O rito tornou-se mais importante que o motivo (Mt 6.7)
- A tradição tornou-se mais importante que a Escritura (Mt 15.1-3ss)
- O cargo tornou-se mais importante que o serviço (Mt 20.20-21ss)
- O símbolo tornou-se mais importante que a coisa em si (Mt 23.-16-22)
- A aparência tornou-se mais importante que a essência (Mt 23.25-28)
- A instituição tornou-se mais importante que as pessoas (Jo 19.24-34ss)

Como fica claro, Jesus não se conformou, nem silenciou diante dos grandes desafios da sociedade e do sistema religioso falido de sua época, mas criticou, contestou e partiu para uma ação transformadora. A ação transformadora de Jesus envolveu a pregação e o ensino da Palavra transformadora de vidas. Somente pessoas transformadas pelo poder da Palavra podem de fato transformar a sociedade.

Acontece, que em qualquer tempo e lugar, a única forma de não incomodar o sistema e não ser por ele perseguido é ficar quieto, inerte, omisso e calado. Como a missão de Jesus, recebida do Pai, não incluía tais posturas, Ele resolveu enfrentar o sistema, com plena consciência de todas as implicações deste ato.

O SISTEMA EDUCACIONAL DA SOCIEDADE CONTEMPORÂNEA DE JESUS

Na época de Jesus o sistema oficial educacional judaico constituía-se de aulas na sinagoga, tendo o Livro da Lei como referencial teórico. Alguns pesquisadores sugerem que por esse tempo já havia escolas em Israel. Fora do sistema oficial de ensino, que tinha os escribas e os doutores da lei como mestres (Ed 7.6-10), estava a família, que era responsável por educar o menino "no caminho em que deve andar" (Gn 18.1-19; Dt 6.6-9; Pv 22.6).

Jesus, na qualidade de um filho do seu tempo, como todo menino em Israel, incorporou e vivenciou a cultura do seu povo. Aos oito dias de nascido foi circuncidado (Lc 2.21), e cumprindo-se os dias da purificação, foi apresentado no templo (Lc 2.22-39).

Lucas informa que a participação da família de Jesus nas cerimônias religiosas de Israel eram frequentes (Lc 2.41). Embora os evangelistas não especifiquem, os primeiros contatos de Jesus com o conteúdo das Escrituras foi no ambiente familiar. Sendo quem era (homem sem pecado / Deus), sua capacidade cognitiva acima da média logo se revelou. Aos doze anos (Lc 2.42) já se assentava no meio dos doutores, não como um ouvinte passivo, mas já com uma postura questionadora:

> *"E aconteceu que, passados três dias, o acharam no templo, assentado no meio dos doutores, ouvindo-os e interrogando-os" (Lc 2.46,47).*

O menino continuava a crescer em sabedoria e em estatura, e em graça para com Deus e os homens (Lc 2.52). Não há nada que contrarie a ideia de que Jesus frequentou aulas e reuniões na sinagoga enquanto crescia. Ele foi alfabetizado, pois sabia ler (Lc 4.16) e escrever (Jo 8.6).

Jesus estava tão inserido em seu contexto cultural, que sem problema algum ensinava nas sinagogas arrancando louvores dos ouvintes (Lc 4.15).

A relação de Jesus com o sistema educacional de sua época caminhava com certa tranquilidade, até que, usando o próprio espaço educacional do sistema (a sinagoga), começou a incomodar o sistema com algumas interpretações "heterodoxas" e "heréticas" (assim entendidas por seus pares) das Escrituras (Lc 4.17-27).

Por causa disso, os guardiões da tradição judaica, juntamente com o povo escandalizado com as suas interpretações, expulsaram-no violentamente da sinagoga e da cidade de Nazaré (Lc 4.28-30). A partir de então, o sistema oficial de ensino judaico teve Jesus como uma ameaça aos modelos e pensamentos vigentes, e a sua presença tornou-se indesejada nas sinagogas.

É nesse momento que, em vez de recuar, fora dos espaços oficiais, usando o campo, o deserto e as praias, Jesus, com toda a liberdade e ousadia do Espírito, ensina e prega atraindo multidões, que com isso davam as costas para o sistema, espaços, conteúdos e mestres oficiais. A posição de Jesus foi assim firmada, e a crise com as instituições de Israel instaurada de uma vez por todas com a quebra de paradigmas.

A QUEBRA DE PARADIGMAS NA ESCOLA DOMINICAL

Assim como os espaços educacionais da época de Jesus e as escolas seculares de nosso tempo em sua maioria são reprodutores de modelos sociais e religiosos falidos (ou em falência), a Escola Dominical tem servido aos mesmos fins.

Em diversos lugares, a Escola Dominical não transforma, nem se transforma, assim como o sistema falido ou em falência nela reproduzido e onde está inserida, caminha na mesma direção. Modelos, estruturas, métodos, conteúdos, superintendentes e professores fossilizados e engessados trabalham e cooperam para o fracasso da Escola Dominical como espaço para uma educação cristã, bíblica e transformadora.

Precisamos, assim como Jesus, nos posicionar contra tudo aquilo que se inseriu na Escola Dominical, que apesar de servir aos interesses de qualquer denominação, não serve aos interesses do Reino de Deus.

A Escola Dominical precisa ser espaço de ensino e reflexão, de exposição e contestação de modelos e ideias, de rejeição daquilo que não se sustenta à luz da Escritura, e de fortalecimento daquilo que se fundamenta na Palavra.

Não há meio termo. Adotaremos a postura de Jesus ou a dos escribas e doutores da lei, conformistas e hipócritas, que temiam a perda de cargos e privilégios? Negociaremos com a nossa consciência ou ela será, junto com o poder do Espírito, a nossa força de ação?

É preciso quebrar urgentemente alguns paradigmas que norteiam o ensino na Escola Dominical, se desejarmos que retome a sua relevância para o Reino e avance como agência transformadora, mediante o ensino transformador da Palavra transformadora, mediado por professores transformados e transformadores.